LE LOUP

QUI A PERDU SON CHEMIN

À bébé Sky, qui a traversé les étoiles pour parvenir jusqu'à nous. Nous t'aimons tellement! — R. B.

À Jodie, James, Rafe et Wilf — J. F.

Catalogage avant publication de Bibliothèque et Archives Canada

Titre: Le loup qui a perdu son chemin / Rachel Bright ; illustrations, Jim Field ; texte français d'Isabelle Allard.

Autres titres: Way home for wolf. Français
Noms: Bright, Rachel, auteur. | Field, Jim, 1980- illustrateur.

Description: Traduction de: The way home for wolf.
Identifiants: Canadiana 20190053925 | ISBN 9781443174824 (couverture souple)

Classification: LCC PZ26.3.B755 Lou 2019 | CDD j823/.92—dc23

Édition publiée par les Éditions Scholastic,
604, rue King Ouest, Toronto (Ontario) M5V 1E1 CANADA.

5 4 3 2 1   Imprimé en Chine CP159   19 20 21 22 23

Rachel
BRIGHT

Jim
FIELD

Le LOUP
QUI A PERDU SON CHEMIN

Texte français d'Isabelle Allard

SCHOLASTIC

Les étoiles scintillent dans le firmament.

Les cristaux de glace brillent comme des diamants.

Le vent se déchaîne dans la noirceur

et les loups hurlent tous en chœur.

Le plus bruyant de la meute, **AHOUUUUUU!**,

est un louveteau mignon comme tout.

Wilf a hâte d'être grand et fait mine d'être féroce.

Il veut tout faire **TOUT SEUL** et aime montrer **SA FORCE.**

— Regardez-moi! s'écrie-t-il.
Je suis grand et vorace!

Il attaque le bonhomme
de neige

et s'entraîne à la chasse.

Un soir, les loups doivent partir sans préavis,

car d'autres animaux ont envahi leur abri.

Ils se mettent en route vers d'autres lieux.

Il faudra marcher longtemps et être courageux.

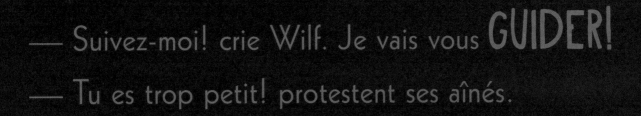

— Suivez-moi! crie Wilf. Je vais vous GUIDER!

— Tu es trop petit! protestent ses aînés.

Un jour, tu seras en tête. Sois un peu patient.

— Bon, d'accord, dit Wilf en soupirant.

Leurs pattes s'enfoncent dans la neige glacée.

Ils gravissent des collines, escaladent des rochers

Wilf fait de gros efforts pour suivre la cadence,

mais c'est un louveteau et il manque d'endurance.

Il perd peu à peu du terrain.

La meute est de plus en plus loin...

Il s'éloigne du sentier,
essoufflé et fourbu.

Quand la
tempête se lève…

il s'aperçoit qu'il est perdu.

Inquiet, il observe les alentours.

Il voudrait crier « Au secours! »,

mais sa voix est trop enrouée

et il doit préserver sa fierté!

Il se couche dans la toundra,
sa queue le protégeant du froid.
La nuée d'étoiles au-dessus de lui
lui servira de couverture cette nuit.

Soudain…

CRAC! CRAC, CRAC, CRAAAAC!

fait la glace.

Wilf sursaute, pousse un cri et observe la surface.

Il écarte les griffes,
terrifié…
car il ne sait pas NAGER!

Il tombe dans l'eau en
tournoyant, redoute la
fin, mais une surprise
l'attend!

Quelqu'un a entendu son cri et apparaît comme par magie.

— Je vais t'aider à remonter, dit
NATHAN LE NARVAL.

Agrippe-toi à ma corne, je ne te ferai pas de mal!

Wilf lui tend une patte, oubliant sa fierté,
et Nathan le narval le sort des eaux glacées.

Puis il dit, avant de replonger

dans l'océan :
— MOMO LE MORSE

va t'aider maintenant.

Wilf voit une créature immense,

pourvue de moustaches et de défenses.

— Monte! dit le morse d'une grosse voix.
BORIS LE BŒUF MUSQUÉ saura s'occuper de toi.

Juché sur l'animal à l'odeur de poisson,
Wilf ne trouve pas le trajet très long.

Le bœuf musqué est sympathique
et emmène Wilf voir…

RENÉ LE RENARD ARCTIQUE.

Ce dernier l'accompagne à travers

la forêt jusqu'à...

OLGA L'OIE

qui le guide

jusqu'à...

OCTAVE AUX GRANDS BOIS!

L'orignal connaît la région

par cœur.

Il avance d'un pas sûr,

avec lenteur.

Dans l'obscurité,

il pousse un cri

pour appeler PATRICE

LE PAPILLON DE NUIT.

L'insecte velouté et frémissant
montre à Wilf le chemin en voletant.
Ils arrivent dans la forêt de sapins
que le louveteau cherchait en vain.

— MERCI! lance-t-il en retrouvant les siens.
Les loups hurlent, soulagés de voir qu'il va bien.

Ils entourent et cajolent leur tout-petit.

Toute la meute s'est ennuyée de lui.

Wilf comprend que l'entraide et l'AMITIÉ

rendent les épreuves plus faciles à supporter.

Il repense à tous ceux qui ont assuré sa
protection : le narval, le morse, le bœuf musqué, le renard,
l'oie, l'orignal et le papillon.
— Si je croise un animal qui a perdu
son chemin, je promets de lui donner
un coup de main!

Wilf veut tenir parole et change d'attitude.

Il voit le monde qui l'entoure avec gratitude.

Car peu importe où on est et où on va...

quand on a des AMIS,
on se sent chez soi.